海明威全集

海明威诗集

The Old Man and the Sea

〔美〕海明威 著

饶 月 译 俞凌婍 主编

中国出版集团 现代出版社

图书在版编目（CIP）数据

海明威诗集 /（美）海明威著；饶月译. — 北京：
现代出版社，2018.6 （2023.7重印）
（海明威全集 / 俞凌娣主编）
ISBN 978-7-5143-7104-8

Ⅰ. ①海… Ⅱ. ①海… ②饶… Ⅲ. ①诗集－美国－
现代 Ⅳ. ①I712.45

中国版本图书馆CIP数据核字（2018）第109910号

海明威诗集

著　　者　（美）海明威
译　　者　饶　月
主　　编　俞凌娣
责任编辑　杨学庆
出版发行　现代出版社
地　　址　北京市安定门外安华里504号
邮政编码　100011
电　　话　010-64267325　64245264（传真）
网　　址　www.1980xd.com
电子邮箱　xiandai@cnpitc.com.cn
印　　刷　三河市金元印装有限公司
开　　本　880mm×1230mm　1/32
印　　张　4.5
版　　次　2019年1月第1版　2023年7月第3次印刷
书　　号　ISBN 978-7-5143-7104-8
定　　价　29.80元

序

  众所周知，海明威是一个生活经历异常丰富的知名作家，同时也是一个在世界上享誉盛名并且写作风格鲜明的文学大师。海明威复杂的生活经历描绘了他所有作品的故事曲线，也构成了他作品中丰富多彩的主题。

  首先，就个人浅见，有必要剖析一下海明威的成长经历。海明威出生于美国芝加哥以西的一个郊区城镇，人口并不密集，因此给了海明威一个平静、安逸的童年生活。幼时的海明威喜欢读图画书和动物漫画，听稀奇百怪的故事，也热衷于缝纫等各种家事。少年时期，他更喜欢打猎、钓鱼，内心充满了对大自然的好奇与敬畏，这一点在他多部作品中都有体现。在初中时，海明威为两个文学报社撰写了文章，这为他日后成为美国文学史上一颗璀璨的明星打下了基础。高中毕业以后，海明威拒绝上大学，他到了在美国媒体具有举足轻重地位的《堪城星报》当了一名记者。虽然他只在《堪城星报》工作了 6 个月，但这 6 个月的时间，使他正式开始了写作生涯，并且在文学功底上受到了良好的训练。1918 年，第一次世界大战爆发，海明威不顾家人反对，毅然辞掉了工作，去战地担任了一名救护车司机。战场上的血流成河，令海明威极为震惊。由于多次目睹了战争的残酷，给海明威的创作生涯提供了丰富的素材和灵感。在他早期的小说《永别了，武器》中，他进行了本色创作，揭示了战争的荒唐和残酷的本质，反映了战争中人与人之间的相互残杀以及战争对人的精神和情感的毁灭。1923 年海明威出版了处女作《三个故事和十首诗》，使他在美国文坛崭露头角。1925 年。海明威出版了《在我们的时代里》这一短篇故事系列，显现了他简洁明快的写作风格。继而海明威出版了多部长篇小说和大量的短篇小说，令他成为了美国"迷惘的一代"作家中的代表人物。《老人与海》获得了 1953 年美国的普利策奖和 1954 年的诺贝尔文学奖，将海明威推上了世界文坛的至高点，可以说，《老人与海》是他文学道路上的巅峰之作。

其次，海明威的感情生活错综复杂，给海明威的作品增添了大量的情感元素。海明威有过四次婚姻经历，这些经历赋予了海明威不同寻常的爱情观。司各特·菲茨杰拉德曾打趣道："海明威每写一部小说都要换一位太太。"连他自己都没有想到，竟然一语成谶。世人皆知，海明威有四大巅峰之作，分别是《太阳照常升起》《永别了，武器》《丧钟为谁而鸣》和《老人与海》，在时间上，他的确先后娶了四位太太。据考证，1917 年海明威和一位护士相爱，但是不久后，这位护士便嫁给了一位富有的公爵后代。海明威对爱情始终抱有完美主义，所以这样的结局令海明威无法接受，甚至愤恨。因此，海明威常常将女人比作妖女，这一点在他的多部作品中有所反映。1921 年，海明威与他的第一任妻子哈德莉结婚，但是婚姻观的差异最终使两人分道扬镳。不得不说，哈德莉对海明威的文学创作起到了至关重要的作用。在她的帮助下，海明威学会了法文并结识了著名女作家斯泰因。这段时期，海明威佳作不断，哈德莉却毫无成长，这促使了两人的婚姻关系更加恶劣。1926 年海明威出版了《太阳照常升起》，这部小说使他声名大噪，也间接宣告了海明威与哈德莉婚姻关系的破裂。1927 年，海明威与第二任妻子宝琳结婚，两人在佛罗里达州和古巴过了几年宁静而美满的婚姻生活。海明威在这几年中完成了他的不朽名作《永别了，武器》。然而，没过几年，海明威对宝琳开始厌倦，他遇见了他的第三任妻子——战地女记者玛莎。最开始，海明威以玛莎为荣，并为她创作了《丧钟为谁而鸣》，令人叹息的是，这对最为相配的夫妻也在 1948 年结束了婚姻关系。海明威的第四任妻子维尔许是一名战时通讯记者，研究分析政治和经济形势，为三大杂志提供背景资料。婚后，维尔许放弃了自己的工作，专心照顾家庭，但这仍未给两人的婚姻关系带来一个美满结局。1961 年，海明威在家中饮弹自尽，享年 62 岁。

对大自然的喜爱之情和对生命的敬畏丰富了海明威小说五彩斑斓的主题，纷然杂陈的情感生活和不同寻常的生活环境造就了海明威作品中跌宕起伏的故事情节。因此，海明威的每篇长篇小说、短篇小说、新闻及书信都有着鲜明的个人风格。海明威用最简洁明了的词汇，表达着最复杂的内容；用最平实轻松的对话语言，揭示着事物的本来面貌。他的每部小说不冗不赘，造句凝练，丝毫没有矫揉造作之感。即使语言简洁，但是海明威的故事线索依然清晰流畅，人物对话依然意蕴丰富。海明威曾这样形容自己的写作风格："冰山在海里移动之所以显得庄严宏伟，是因为它只有八分之一的部分露出水面。"这无疑是个非常恰当的比喻，十分形象地概括了海明威对自己作品的美学追求。海明威最开始创作了众多短篇小说，使他在文坛新秀中占有一席之地，后来《太阳照常升起》的出版，奠定了他在"迷惘的一代"代表作家中的超然地位。"迷惘的一代"是美国两次世界大战期间涌现的一类作家的总称，他们共同表现出的是对美国社会发展的一种失望和不满。他们之所以迷惘，是因为这一代人的传统价值观念完全不再适合战后的世界，可是他们又找不到新的生活准则。海明威将"迷惘"这一形容词表现得淋漓尽致，他用深刻而典型的对话将第一次世界大战后青年的彷徨与迷惘的心声书写出来。可以说海明威的大量文字都散发着战时与战后美国青年对现实的绝望。海明威不止竭尽所能地发挥着对"迷惘"的认知，同时也表现着海明威内心的"硬汉观"。海明威一向以文坛硬汉著称，他是美利坚民族的精神丰碑，代表着美国民族坚强乐观的精神风范。在《老人与海》中海明威用风暴、鲨鱼等塑造了一个"人可以被消灭，但是不可以被打败"的硬汉形象，同时也反映了海明威英勇、坚定的生活态度。海明威的众多作品中不仅充斥了"迷惘""硬汉"等思想，不可忽视的还有他对自然与死亡的理解。作为一个对生命有着独特理解的文学大家，海明威形成了对死亡的坦荡、豁达的人生态度。《午后之死》就明确指出："所有的故事，要深入到一定程度，都以死为结局，要是谁不把这一点向你说明，他便不是一个讲真实故事的人。"海明威想要表达"死亡是人生的终点，任何人不可逃避"这一观点。《老人与海》中也有海明威对自然生态的想法，海明威利用圣地亚哥、环境、鱼类的关系形象地阐述了：人不能过于追求物质享乐，要尊重自然、节省资源、保护生态环境，才能达到人与自然的和谐。总之，海明威光彩夺目的主题思想和艺术风格都在探究着人类文明进程中对生命的思考。

海明威的创作经历了一个复杂的发展变化过程。在海明威早期的作品中，海明威表达对西方资本主义日趋腐朽的绝望和内心痛恨战争的不满情绪，文字中蕴藏着一种悲观和颓废的色彩。海明威在创作中期才改变了这种思想，开始对西方资本主义和战争的本质有了新的认识，这是海明威心理历程上的一个重大发展。海明威的后期作品依旧延续着早、中期的写作风格和迷惘情绪，但是却比早、中期的作品反映的情绪更加明显。值得一提的是，海明威的创作中也充斥了大量的意识流和含蓄表达，从而使读者在真假变换中感受到人物或强烈、或浪漫的内心世界。

为了方便海明威文风的欣赏者了解海明威，我们特出版海明威全集系列丛书，内包含海明威的多部小说、书信、新闻稿、诗等作品。读者可从中感受到海明威享受心灵的自由却求索不得的无奈，也可感受到海明威对内心对生命最强烈的回响。海明威的作品无论在中心思想层面，还是语言风格都有其独到之处，因此他的作品读来令人回味无穷。对于欣赏者来说，要具备独特的艺术鉴赏力和审美修养才能发掘海明威"海面下的宏伟冰山"，从而产生更多对生命的思考。

目　录

少年读物　1912—1917

漫游　1918—1925

情书以及其他作品　1926—1935

告别　1944—1956

少年读物　1912—1917

揭幕战

第一局
一垒钱斯，三垒埃弗斯
小熊队胜利就在眼前
舒尔特手握球棒
在投手板上敲打几下
突然，他
挥棒奋力一击
球落在右外野线
旋即，钱斯和埃弗斯上场
这样的击球很少见——或者说从未出现过
然后，齐姆
快速出手
他当然知道该怎么击球
猛击球的头部
球几乎要叫出声来

中场球员抓住了球
他似乎要失败
行了，停止这种追逐等级的东西吧
揭幕战
一场足够了

橡树园，1916 年
《秋千》（1916 年 11 月 10 日）

无字诗

"　　　"
　　！　　：　，　　。
　　　，　　，　，　。
　，　　；　！
　　　，

橡树园，1916 年
《秋千》(1916 年 11 月 10 日)

献给弗雷德·威科星

看，绿茵场上
那些踢球的男儿们
他们激昂的青春告诉我们
人可以疯狂跑，使劲踢
再来个凌空抽射都行
就算一脚踢出，球飞了
好歹咱们的脚印也印上了
不落遗憾

橡树园，1916 年
《秋千》（1916 年 11 月 24 日）

芳华已逝，还要写首民谣

噢，我从来没写过民谣

相比之下我宁愿吃鲜虾沙拉

上帝知道我有多少心思讨厌那坨卷曲的粉色

怪物

可是蒂克逊小姐要我写

我不得不写

（这事我差点忘了）

我只好坐在书桌前

双脚朝东

集中精力

第一节，it is over … （它已经结束了……）

哦，见鬼，哪个词跟"over"押韵

哈，有了，"I'm now in clover."（我现在过

得不错。）

但是接下来写点什么呢

我还是不知道

大脑一片空白

不然写年轻的劳埃得·波义尔

或健壮的爱尔兰之子

假如写他

会越写越难写

因为资料太多
我还没整理好

想着想着
思绪突然中断
还没提笔
就知道写不好
创作我还是要继续的
祈祷能来个灵光乍现
灵感一来，就会才思敏捷
落笔如神

（希望那些该死的想法要来赶紧来）
我已写好两页
真是度日如年
我一直涂涂改改
结果还是言之无物
情况越来越糟
心中烦躁不安

无论我写什么
都要在英语课前再看一遍
突然想起要去我去的地方
知道我最想待在哪儿吗
树荫下
躺着看悠悠的白云
飘然而去

我们可以仰望蓝天——
我自己，或者和你一起

忽然，灵感所致我会心地笑了
我会创作民谣了
可以提笔出文章了
（哎）
感觉浑身轻松

我保证
（如果这次你能让我过关）
以后再也不会创作民谣
再不会去尝试押韵了
除非蒂克逊小姐要我写

橡树园，1916 年
《书板》（1916 年 11 月）

远　行

在船舱最闷热的地方
工人挥舞着铲子
身上的汗珠油光发亮

蒸汽表的指针转动
骨架就要裂散了
温度高于地狱，有生气的根本没法待

他在闷热的小屋里挥汗如雨
温度极高热气不断袭来
汗水消耗着他的生命
可他在和风浪搏斗
这样一来，你能乘船远行
抛开这一切，他就是四周的一位常人

橡树园，1917 年
《书板》（1917 年 3 月）

搏　斗

两个涨红的大拳头

交叉伸向空中

一张满是汗渍的疲惫面孔

仰望苍穹

黄色的头盔里伸出一束金色的头发

长长的手臂像大猩猩

似乎想要抓到什么

起起伏伏的胸膛

溅有泥渍的灵活双腿

快拉猛推，向前冲进涌动的人群

场面十分混乱

人群中有人大喊：

"太棒了！把失败者抛到两码以外！"

凌空飞射

泥泞的体育场上，
二十二个满身是泥的身影
展开了激烈的对抗
激情飞扬的叫喊声连绵不断
前排的人挤在一起
后排的人屈膝半蹲，撞向靠近的对手
一脚踢在猪皮缝制的球上
球腾空飞起
而那些浑身是泥的身影还在场上角逐
看踢球的人脸上挂满泪花

后　卫

站立，一个小的身影

独自站在画有白线的场地中间

两边看台上的人都站了起来，

呐喊着，为喜欢的球队加油

一个灰色的身影在攻防线附近游走

他向场内猛冲

飞步跑过白线

后卫调整好姿势，球飞过来了，

身着灰色运动衫的人

和他撞在一起，共同倒地

克勒上场了

带着雷鸣般的掌声

橡树园，1917 年

《书板》（1917 年 3 月）

无以言表

六月的甲虫
围绕着转角处的弧形灯飞旋
街角处留下它们的影子

六月的夜晚
你光着脚在散步
双脚沾着青草上清凉的露珠

路对面的走廊
班卓琴铮铮作响
嗅到公园里丁香花的芬芳

你的内心一阵挣扎
却又无法用言语表达——
你就是黑暗中一首鲜活的诗

橡树园，1917 年
《书板》（1917 年 3 月）

漫游　1918—1925

班　轮

早晨，

乘客们试图吞下大量食物

公爵来了

他来自普利茅斯

咸牛肉上桌

另外是沙拉

然后是一只硕大的烤猪

拿起一块放进嘴里咀嚼下咽

顺着喉咙往下走

接着满脸通红

好似喘不过气来

他慌忙地跑出去

在慈悲心的驱使下

想给鱼儿喂食

朋友们，我们要拉上帷幕

拉上仁慈的帷幕

我们不会描绘

他呕吐秽物的画面

当然也不会温柔地对待朋友

我们不去描述邦廷

吐出的绿色混合物

像加了糖浆的蛤蜊汤

那个德国人，著名的斯皮克尔吐出了整个橘子

皮斯船长的丑态也在街市上流传

然而我们都不说

因为怕受打击

尊敬的朋友们，我们得走了

要去找个桶或洗脸盆之类的东西

芝加哥的船上，1918 年

《菲茨杰拉尔德和海明威年鉴1972》

我和三位朋友

我和三位朋友
艾克、托尼、杰克
在斯基奥镇大声呐喊着
三天的假，自由的心
内心膨胀起来，但我们仍然
在仔细打量他们
从头到脚

我和三位朋友
艾克、托尼、杰克
一张面孔不会影响三天的假
你可以看着这张脸，这张自由的脸
但是脚踝上的一些东西又会让你伤心
因为它是一种象征

我和三位朋友
艾克、托尼、杰克
还有马特尔
如果不是马特尔，柯纳克也可以
人的脚踝藏有难以述说的秘密
有时它守住秘密，有时收买和出卖秘密
三天后我们将重回地狱
是不是马特尔，我们已经不在乎了

大约 1918—1920 年

忠　告

波洛尼厄斯

记住给你的忠告

太具思想性的语言不要出于你口

也不要太过于严谨

以免人们以为你是一个高深的人

你千万不要大意

波洛尼厄斯

记住给你的忠告

提防那些把钱包系得紧紧的吝啬朋友

坚决远离他们

大约 1920 年

挥舞军棍的人

我在一本杂志上
看到一幅画面
画里是一根军棍
上面镶满铁质的钉扣
尾部还有一根钢针

我心想：天哪，这东西真棒
我突然握紧军棍
忍不住想挥舞两下
聆听匈奴人头骨破裂的声响

最好他手无寸铁
换个人
再来一个
天哪，这多爽啊
打碎他们的头颅
血液四溅，就像在屠宰场宰牛
假如他们哭喊着管我们叫"朋友"
挥棒！

在同一个下午
我看到一个头发金黄、肤色干净、高大的瑞

典人
他喝得烂醉
三个警察要把他从摩托上拽下来
他反抗着，
其中一个大块头便将棍棒
击向那男孩的头部
这一击听起来像打了个二垒打
不是棍棒打下去那种沉闷的声音
而是爆裂声

接着他们全部冲上去殴打他
瑞典人倒下了
那群人将他拽上楼梯
他鲜血淋淋的脸磕碰着楼梯
嘭、嘭、嘭
天哪！那个想挥舞军棍的人
是我吗

我在一本杂志上
看到画面里的一根军棍
忍不住想挥舞两下

大约 1920 年

致维尔·戴维斯

判处此二人绞刑
勒住颈项直至死亡
头戴黑帽的法官宣读道
其中一个不得不延期执行

押送到县监狱
在挑高的过道上吊死
口水沿着他的下巴淌下来
他全神贯注地听着牧师的言语

牧师的语速很快
说的是他听不懂的语言
他们在他的头部套上了黑色的袋子
我很高兴他们能这么做

另一个是黑人笔直地站着
像黑石宾馆的门卫一样庄严
"萨哈没什么可说的。"
此刻我的心情极其糟糕

胃不舒服，想要呕吐
恐怕他们正在给博特·威廉姆斯施刑
我忽然想起维尔·戴维斯为他的命运担心

大约 1920 年

哥本哈根战役

为什么历史上没有关于哥本哈根海战的记载

这是一个谜

据我所知，没有战役能与哥本哈根海战相提

并论

打斗和撕咬

相互冲撞，相互摧毁

互砍互殴

咬牙切齿，怒目相对

哥本哈根战役在喊叫、奸笑和国际声讨声中

展开

数以万计雄壮的瑞典人

披荆斩棘

加入哥本哈根战役

无数的意大利人

排列好队伍

加入哥本哈根战役

十个部落的红皮肤波尼族印第安人

在丛林中愤怒了
加入了哥本哈根战役

乌克兰人支持的阿尔巴尼亚队伍
还有一些罗马人
不管是愚钝的还是聪明的
都加入了哥本哈根战役

数以万计圆滑的希腊人
穿着皮制的马裤站成一队
带着浓烈的韭菜味
加入了哥本哈根战役

大批的土耳其人
挥舞着带血的匕首
加入了哥本哈根战役

六百个阿比西亚人
有胖有瘦
两百个捷克人
喊着口号："以赫兹克的名义!"
加入了哥本哈根战役

一千八百个苏格兰人
他们身穿彩格呢子聚在一起
白镴的酒壶晃来晃去（下流、卑鄙的手段）
加入了哥本哈根战役

两百个亚洲人
穿着蜡染彩色衣装
一群日本人
射击技法精湛的东西们——
无数蒙古人
有邪恶的有高尚的
和他们的朋友
两个安纳托尼亚人
加入了哥本哈根战役

从北方
来的一群挪威人
在哥本哈根战役中
与无数的军团对抗
五十万犹太人
跑回去
汇报哥本哈根战场上的消息

芝加哥，1920—1921 年

俄克拉荷马州

印第安人或者死了
善良的印第安人都死了
或者骑着摩托车
盛产石油的国度都很富有
烟熏亮了我的眼睛
三叶杨的树枝和牛的粪便在燃烧
从帐篷处冒出灰色的烟
难道是我的错觉？
草原辽阔
月亮升起来
小马不紧不慢地劳作着
夏天的小草变成了黄色
也许是牧草、庄稼长势不佳？
拔出箭，如果你把箭折断
伤口就会愈合
盐是个不错的选择
草木灰也行
晚上心脏怦怦跳
也许是淋病闹的

芝加哥，1920—1921 年
《三个故事和十首诗》（1923 年）

战　俘

一些人戴着镣铐

他们不懊悔却很疲惫

累得步履蹒跚

他们已经停止思考，不再有恨

思想和战斗都结束了

不必再撤退，希望也不复存在

历时如此之长的战役已经完结

这一切让死亡变得更加容易

芝加哥，1920—1921 年

《三个故事和十首诗》

军　人

军人难有善终
只能用木制的十字架在他们倒下的地方做个
标记
插在他们头颅的上方
士兵们
摔倒、跌倒、咳嗽、抽搐
血色、黑暗的世界咆哮着
沟渠中的士兵被无情掩埋
在侵袭中无法呼吸

芝加哥，1920—1921 年
《三个故事和十首诗》（1923 年）

邓南遮

五十万
生灵逝去
他却觉得
有趣
这个王八蛋

芝加哥，1920—1921 年

夏天，上帝离开了

社会专栏——长老会第四教堂的牧师

约翰·蒂莫西·斯通在今年夏天

去往科罗拉多山脉了

夏天，上帝离开了

城市因为他的离去而变得炎热

孩子们在炎热的晚上哭泣

让那些第二天要早起工作的人无法入睡

滑稽表演的剧场也因为太热而关门

天气极热

经常光顾星空和吊带袜（店名）的男人们也

觉得

丰腴的女人们不那么好看了

约翰·蒂莫西·斯通受上帝的指引奔赴山地

秋天便会归来

从山脉带回上帝的旨意

上帝不会离开这座城太久

芝加哥，1920—1921 年

屋 顶

夜晚在城市的屋顶上真凉爽

而城市全身湿透

汗流浃背

生活的蛆虫

在孤寞炎热的城市里爬行

爱在城市里凝结

人行道上的窃窃私语酸腐了爱情

爱情老了

与古老的人行道一样变老

夜晚城市的屋顶真凉爽

芝加哥，1921 年

夜来了……

夜来了，带着柔软而又困倦的翅膀降临
黑暗了天色
柔化了寒光
松软了泥土
在最后的困难来临之前
我们请求留下

芝加哥，1920—1921 年

夜色……

夜色中
我与你共眠
注视着
这座城市
急转盘旋

芝加哥，1920—1921 年

写给年轻女郎

伴随着热烈欢快的华尔兹旋律
你旋转摇摆着舞步旋转
两只睡眼蒙眬的鸟儿
在柳条笼中梳理羽毛
而我
正与城中一位女郎共舞

芝加哥，1921 年

小标题

我们经历了较长的思索
走过了短暂的路程
我们伴着魔鬼的旋律舞蹈
在家祈祷时战战兢兢
夜晚为一个主人奉献
白天又为另一个主人奉献

芝加哥，1921 年
《诗歌》（1923 年 1 月）
《三个故事和十首诗》（1923 年）

皮亚韦被杀 1918 年 7 月 8 日

欲望和所有甜蜜的脉动的疼痛

还有温柔的伤害

就像你

消失在阴晦的黑暗

现在，你从夜色中现身，不带笑容

和我躺在一起

一把迟钝、冰冷、钢硬的刺刀

插在我火热跳动的灵魂之上

芝加哥，1921 年

夜 鸟

你用你的两翅遮住我的双眼

黑暗的夜鸟

像火鸡展开黑色的翅膀昂首阔步

像松鸡拍打丰羽击鼓前行

用你那粗糙干裂的双爪

抓伤我腹部光滑的皮肉

用你的喙啄我的唇

用你的双翅遮住我的双眼

芝加哥，1921 年

老式机枪

诸神之磨慢慢地旋转
但是这磨
以缓慢的节奏轰轰作响
思想猥琐的步兵
在崎岖的地形推进
以此加冕
他们的老式机枪

芝加哥，1921 年
《诗歌》（1923 年 2 月）
《三个故事和十首诗》

婚礼上的礼物

壁炉上
三座时钟
嘀嗒旋转
逗号
但是那个年轻人正在挨饿

芝加哥，1921 年
《多伦多星报周刊》（1921 年 12 月 17 日）

口是心非

他尝试着吐出真相
先是舌敝唇焦
最后口涎横流
真相顺着他的下巴滴答

大约是 1921 年
《口是心非的人》（1922 年 6 月）

致苦命的妓女

命运多舛的妓女
最终患上了梅毒
满身肥肉的妓女
干尽了肮脏的勾当
低贱的妓女们过得并不好

巴黎，1922 年

"血浓于水⋯⋯"

年轻人说着
把刀刺向他的朋友
为了一个痴迷的老妓女
和一间装满了谎言的房子

巴黎，1922 年
《欧内斯特·海明威：传记》（1969 年）

所有军队

所有军队都一样
声名远扬
大炮的轰鸣
一如既往
英勇是男儿们的天性
老兵们始终满眼倦态
士兵们听着同样的谎言
尸体上总会飞出苍蝇

巴黎，1922 年

行　军

有些人能面对死亡
但他们不能
行军多年
抵达前线
这一切转瞬即逝
空留秽歌

巴黎，1922 年

船

大海渴望巨轮——
它翻腾着波涛汹涌的海浪
螺丝钉索索而动——
起航、震颤、前进
大海跟着爱情摇摆
海浪冲击着、爱抚着
拍打着它充满爱意的腹部
大海宽阔而苍老
摇摆的船只蔑视着它

巴黎，1922 年
《诗歌》（1923 年 1 月）
《三个故事和十首诗》（1923 年）

罗斯福

工人们认为
他辜负了大家的信任，把他的照片摆在橱窗
"看他在法国都做了些什么!"
他们说
也许他自己也希望死去
只是假设而已
想到将军死在床上
就像他最终死去时那样
一切在他生命中创造的传奇
将长盛不衰
不再被他的存在阻碍

巴黎，1922 年
《诗歌》（1923 年 1 月）
《三个故事和十首诗》（1923 年）

偷 袭

他们用军靴踢着军车的箱底

踩在军车上的是滚钉长靴

中士们面容冷若冰霜

下士们愤愤不平

副官们想象着梅斯特雷的妓女——

温柔、娇艳、似睡非睡的妓女

惬意、热情又可爱的妓女

这该死的行程

寒冷、苦涩、令人生厌

朝着格拉帕的方向盘旋而上

长凳上的阿蒂提坚毅而冰冷

坚毅而冰冷地为祖国自豪

粗糙的面容，肮脏的衣服——

步兵步行，阿蒂提骑行

恐怖、无声、沉闷的路程——

向着格拉帕一端的带刺的松林前进

整车人在阿萨隆全军覆没

巴黎，1922 年

《诗歌》1923 年 1 月

《三个故事和十首诗》

致逝去的好人

他们欺骗了我们
国王和王国
万能的基督
以及其他
爱国主义
民主——
荣誉——
单词和短语
它们会践踏我们或弄死我们

巴黎，1922 年

农 庄

阿尔西洛，艾斯阿格
过了五十多年
小小的农庄
又回到了战前的宁静
蒙特格拉巴，蒙特戈尔诺
如此一年两次
在平静的和平年代里
也不多见

巴黎，1922 年

蒙帕纳斯

这里从未发生过自杀事件

熟识的人中没有自杀身亡的

一个中国男孩自杀了

（他们把他的信放在屋顶的信箱）

一个挪威男孩自杀身亡

（另一个挪威男孩消失了）

他们发现一个模特死在床上，死了很久

（这件麻烦事，让看门人 几乎忍无可忍）

橄榄油、蛋白、芥末和水、肥皂泡沫

再加上洗胃器，救回人们熟识的人

每天下午，大家都能在咖啡厅找到自己的熟人

巴黎，1922 年

《三个故事和十首诗》

与青春一起

一块豪猪皮

因为制法出错变硬了

它是在某处死去的

吃饱了的角鸮

自以为是

黄色的眼

人们用轻视的目光注视着寡妇

被尘埃抹黑

一大堆旧杂志

男孩们放信的抽屉

充满爱意的诗句

一定也在某处终结

昨日的讲坛已逝

与青春一起

独木舟在河岸上破碎

密歇根，森尼的那座宾馆被烧毁

注定了这是不平静的一年

巴黎，1922 年

《三个故事和十首诗》

欧内斯特的挽歌

我知道修道士晚上都会自慰
宠猫们扭动着身躯
女孩们轻柔吮吸
然而
我还能做什么
拨乱反正

巴黎，1922 年

《横截面》（1924 年秋）

时代的要求

时代要求我们歌唱

却又割掉我们的舌头

时代要求我们前进

却手持铁锤用塞子堵住

时代要求我们跳舞

又要我们穿上铁裤

这是时代的要求

巴黎，1922 年

《横截面》（1925 年 2 月）

吉卜林

一只母猴望向大海

新来的猴子在树上唱着悲歌

大家都觉得哈罗德描写得很生动

后记

这是一个大手术（在英语里

军事行动和手术是双关）

但为了拯救国家

对部落做一次截肢手术

又算得了什么

巴黎，1922 年

史蒂文森①

头顶夜空无限
待我躺下，覆上新棺盖

哦，看我怎样不断创新
但是我需要的不只是个遗愿

巴黎，1922 年

---

① 文学家：罗伯特·路易斯·史蒂文森。他的墓上铭刻着他亲自撰写于多病之秋的 1879 年
的一首著作《挽歌》：
在宽广高朗的星空下，
挖一个墓坑让我躺下。
我生也欢乐死也欢洽，
躺下的时候有个遗愿。

几行诗句请替我刻上：
他躺在他向往的地方
出海的水手已返故乡，
上山的猎人已回家园。

罗伯特·格雷夫斯

头脑留给金融家
旗帜留给兵
啤酒献给英国诗人
我只要烈性啤酒

巴黎，1922 年

我戒了野女人

我戒了野女人
白兰地和那些罪恶
因为我恋爱了

巴黎，1922 年

沥 青

大草原的绿草很齐整……
耕犁打破了宁静
卡车碾过街道
留下道道裂痕
沥青，说道沥青你能想到什么
意大利人①，他说，说到沥青
就能想到意大利人

巴黎，1922 年

---

① wops 指移居美国的南欧黑肤人（尤指意大利人）。

月光下的大海……

海獭潜水了
月光下的大海像一幅油画
海獭潜水了
海水很冷、不断汹涌

巴黎，大约 1922 年

诗一首

我爱过的唯一男人
说声别了
便离开了
在皮卡第（法国）被杀身亡
那天阳光明媚

巴黎，1922 年

黑森林

黑松山的白桦林
似银狐雪白皮毛
他们在车厢用德语喃喃
我们正在蜿蜒向上
穿过隧道
火车吐着黑烟
幽暗的山谷，河水悠悠
岩石堆砌，白墙围起
凝重的房屋
青绿的地，
树木林立
鹅群悠闲
一个吉普赛人说
希望在这片净土
终了此生

　　　　　　　　　　　巴黎或德国某地，1922 年

他们创造了和平——什么是和平？

绅士的土耳其人，伊斯梅特·帕夏有点耳背。

亚美尼亚人呢？亚美尼亚人怎么样？亚美尼亚

人很好。

柯曾大人喜欢年轻人。

奇切林也是。

穆斯塔法·凯末尔也是如此。

他发动了战争。他就是这样的人。

柯曾大人讨厌奇切林，一点都不。他的胡子稀

少，双手冰凉。他总是在思考。

柯曾大人也喜欢思考。

但他的个子更高些，去了圣莫里茨。

奇切林并没有戴帽子。

哈亚实男爵坐着汽车来了。

巴吕雷先生收到电报。

马奎斯加罗尼也收到电报。

他的电报是墨索里尼发的。

墨索里尼有一双黑眼睛，身边站着警卫。

他照了张相，相片里手中的书是颠倒的。

墨索里尼很出色。

每日邮报评论。

我很早就认识他了。那时没有人喜欢他。

即使我本人也不喜欢他。他是个坏人。

问巴吕雷先生。

我们都喝鸡尾酒

喝一杯怎么样，乔治？

来，喝点鸡尾酒吧，将军。

午餐的时间就要到了。

咱们做点什么吧，别这么无聊。

今天早上，你们几个年轻人都知道了些什么？

噢，他们很聪明，他们很聪明！

将军阁下，今天的分会上我们请了谁？

斯达姆布里斯基先生上了山，又下去了。

更不要说尼泽洛斯先生了。他很坏。

看他那胡子你就知道了。

查尔德先生倒不坏。

查尔德夫人胸部很平。

查尔德先生是个理想主义者。

他为哈丁竞选写过演讲稿，打电话给参议员贝

弗里奇·阿尔伯特。

你了解我。

林肯·斯蒂芬斯是和查尔德一伙的。

大写 C 让这个笑话听起来更轻松。

接着是摩苏尔

以及希腊主教

希腊主教怎么样？

巴黎—洛桑，1922 年

《小评论》（1923 年春）

美国人

我喜欢美国人
他们跟加拿大人如此不同
他们不把警察当回事
他们会去蒙特利尔喝酒
而不是去批判。
他们声称在那场战争中获胜。
但他们其实知道事实并非如此。
他们很尊重英国人
他们喜欢到国外生活
他们不会吹嘘自己的沐浴方式
但是他们很讲卫生。
他们的牙齿很好
他们一年四季都穿必唯帝内衣
我希望他们不要吹嘘这个
他们的海军实力世界第二
但他们从来不谈论这个
他们愿意让亨利·福特做他们的总统
但他们不会投票给他
他们看穿了比尔·布赖恩
他们厌倦了比利·森迪
他们中的男性成员发型很古怪
他们在欧洲似乎很难呼吸。

他们去过那里一次

他们制作了《巴尼·谷歌》《马特和杰夫》

还有《吉格斯》

他们不会对女性谋杀犯处以绞刑

他们让她表演杂耍

他们读星期六晚报

还相信圣诞老人

他们去挣钱时

他们可以赚很多钱

他们是很不错的人民

大约 1923 年

《多伦多星报周刊》

加拿大人

我喜欢加拿大人

他们跟美国人如此不同

他们晚上回家

他们的烟草味道不错

他们的帽子很合适

他们确信赢了那场战争

他们不相信文学

他们认为艺术太言过其实

但是他们的溜冰表演很精彩

他们中一部分人很有钱

但是，他们有了钱会去买很多马而不是汽车

芝加哥称多伦多为清教徒之城

但拳击和赛马在芝加哥是非法的

没有人在星期天工作

一个也没有

这不会让我感到抓狂

这里仅有一种五叶地锦

不过你看到过矢车菊吗？

假如你开车撞死人

你就得去坐牢

所以没有人会这么做

在芝加哥

迄今为止

已有超过五百人死于车轮下

在加拿大发财很难

但这里赚钱很容易

这里有太多喝茶的去处

但这里找不到夜总会

假如你给侍者两毛五做小费

他会说"谢谢"

而不是叫来几个彪形大汉

他们任由女人在电车上站着

即使她们很漂亮

他们都赶着回家吃晚饭

他们还听收音机

他们是很不错的人民

我喜欢他们

大约 1923 年

《多伦多星报周刊》

舞　会

到了

房间里人头攒动

跟老板握手

老板笑容可掬

大家兴高采烈

办公室的门卫该下班了

门卫低声耳语

去大厅的路途漫漫

关着的大门

玻璃制器叮当作响

大门开了

一排排的玻璃器皿

东道主出现的画面

东道主脸上的表情

东道主和老板在一起的画面

老板脸上的表情

几个贵宾的画面

不和谐的气氛

使者的请求

发号的施令

东道主、老板和贵宾压制了喧嚣

一阵不安的感觉

不安的感觉进一步加强

退场

踏上门廊的脚步声

门卫的笑声

根据家庭成员和老朋友的指示

门卫发表了声明

门卫又轻笑了一次

萌生杀死门卫的想法

悲伤再次回到舞池

大约 1923 年

《多伦多星报周刊》（1923 年 11 月 24 日）

赛马游戏

朋友来电
说帕姆利科湾有一匹马很出色
开门把朋友们迎进办公室
拿出现款
研究名单
突然
有人从办公室神秘消失
时间凝聚、静心等待
办公室内的朋友们心情激动

外出买报
查询结果
上楼梯时的忧伤
希望报纸印错
报纸上的结果
正如我们所料
朋友在办公室的态度
悔恨的情绪
变轻的工资袋
欲哭无泪

大约 1923 年
《多伦多星报周刊》（1923 年 11 月 24 日）

西班牙之魂

一

在雨中，在西班牙的雨中

西班牙会下雨吗？

是的亲爱的，这个国家会下雨

而且雨天是没有斗牛的

舞者会穿着白色的长裤子跳舞

向你婶婶大吼是不对的

来吧

叔叔我们回家吧

家是属于心的地方，家是属于屁的地方，

就让我们放屁都放在家里吧，

对于家和屁来说，都是没有任何艺术可言的。

我想说的应该是，在家里的生活

应该是自在、随意（像放屁）一样轻松自如

民主

民主

比尔说民主制必须实施

民主向前冲

冲

冲

冲

比尔的父亲从来不同民主人士坐在一起

现在比尔说推进必须民主

推行民主

民主是个屁

独裁者是个屁

门肯是个屁

沃尔多·富兰克是个屁

布鲁姆是个屁

达达主义是个屁

登普西是个屁

以上清单并不完整

他们说埃兹拉是个屁

但是埃兹拉人很不错

让我们给埃兹拉建造一块纪念碑

一个很雄伟的纪念碑

你做得很不错

能再做一个吗？

让我尽力再做一个吧

让我们大家一起努力再做一个吧

让那边角落里的那个小女孩也做一个

快过来，小女孩

帮埃兹拉做一个

很好

你们都是很成功的孩子

让我们从重新把这里清理一下

戴尔给普鲁斯特建了一个纪念碑

不过纪念碑只是一个纪念碑

毕竟真正有意义的是它象征的精神

二

你每次来到西班牙，都不会常驻。

安娜·维罗妮卡，玛莎·维罗妮卡，

巴勃罗·维罗妮卡，吉坦尼罗·维罗妮卡

他们不是真境实况

因为已被风吹散。

刮风了，不下雪，

看那头鼻子流血的公牛。

三

西班牙没有夜生活。

他们晚睡也晚起

这不算夜生活，这只知道把日子向后拖。

夜生活是你喝醉蒙头大睡，早晨照样能醒来。

夜生活使人人口里喊着"这算什么东西！"

你不记得是谁付了账单。

夜生活是他天旋地转，

盯着墙才能使世界停止转动。

夜生活是推杯换盏，

如果你算计喝了多少钱，

那可不叫享受夜生活。

四

过了一会儿

斗牛还没开始。

没有斗牛？这算怎么回事！

没有斗牛，你说没有斗牛不会是真的吧

但是，确实没有斗牛比赛。

五

我们登上一列火车，向某处出发。

六 关于这项残暴运动的报道

（斗牛结束阶段的）刺牛阶段，

割破它的喉咙，刺了又刺。

他们挥着帽子转着圈跑，

公牛先是左冲右撞，

终于弯下膝盖跪倒在地，

舌头伸出来，钝刀刺透，匕首没入。

完美的穿刺获得阵阵掌声。

著名埃斯巴达勇士的精湛技艺。

他们要在号角响起后用短刀将其杀死。

短刀是指那种短粗的刀，短刀能控制伤口

形态。

女人注重细节，

这就像关掉一盏电灯一样精准。

巴黎，1923 年

《横截面》（1924 年）

致战争中的中国人

你停止了呼吸
身体被扶起
你的脸悲戚无声
目前的状况
由你的死亡勾勒
我们不愿相信你离开了
你的军靴脱落了太多次
我们喝过很多美味啤酒
我们观赏日出
诅咒雨天
它或冲坏道路
或让河水变黄
飞机也会因此受困

巴黎，1924 年

某天，当你被扶起……

某天，当你被扶起
身体僵硬
难以搬运
你的死勾勒出目前的状况
我会回想：我们谈论用手中的残剑敲打地面的
米歇尔·内伊，
在香园的台阶透过树叶看到的雕像
以及透过这个雕像我们所看到的东西。
我会记住你如何背着我的包裹
翻过圣伯纳德。
我们常常在一起醉酒。
狂饮啤酒，狂饮威士忌，狂饮葡萄酒，
狂饮很多次，一直很开心。
在米兰狂饮堪培利开胃酒。
在科隆狂饮维特泽尔。
在山上狂饮。
晚上，晚饭前，
喝点爱尔兰威士忌和一些水。
在潘普洛纳，在速佐外面
白藤椅上喝苦艾酒。
说我们的工作，谈论国家大事，
提起我们的熟识、马和斗牛，
还有我们曾经去过的地方，

计划和各种方案，以及缺钱，透支了怎么应
对，又说回国家、喝酒和射击的乐趣，
喝酒时，我常自吹自擂，
你从不介意。
关于爱尔兰，
你预言过格林斯和格里菲斯的死亡，
俄罗斯契切林的笑话。

　　　　　　　　　　　　巴黎，1924 年

女诗人

有一位女诗人，她是个色情狂，
她专为《名利场》写作。①
有一位女诗人，她丈夫在战场上阵亡了。②
有一位女诗人，想要她的情人，
但害怕怀上他的孩子。怕找麻烦
后来结了婚，她发现自己不能怀孕。③ 反而是
又担心丈夫悔恨
她跟比尔·瑞典睡过，她变得越来越胖，
靠写低俗剧本发了财。④
有一位女诗人，从来没有吃饱过。⑤
有一位女诗人，她很高、很胖，她不是笨蛋。⑥

---

① 学院色情狂，出自《纽约论坛报》首席社论作者很受欢迎的抒情诗。
② 出售了她的作品。
③ 受州立大学的一位男青年的青睐，美妙而又无法获得回报的爱。
④ 由于经常喝酒肠胃不太好，希望能很快有好的作品。
⑤ 从她的作品中可以看出。
⑥ 她抽了很多雪茄，但她的作品不好。

马尔拉的一首诗

人人举步，大家前行

你也要向前迈步，高纳

乔斯一直向前不回头

胡安紧跟着，你也快跟上，高纳

马格丽特向前迈着步子

阿门卓向前迈着步子

我也一直在前进，高纳

只有两步，你只要走两步

跟我们一起迈步，高纳

你可以到大那个标杆

你掌握了所有的技巧

拿出男人的样子，高纳

现在要出发了，该我们上场了

看看你能不能向前迈步，高纳

人人都在迈步，你也要迈步

你最好抬脚，高纳

潘普洛纳或巴黎，1925 年

情书以及其他作品　1926—1935

诗一首

现在有了
新托马斯主义
全能的主，是我的牧人
我也不会需要他太久

　　　　巴黎，1926 年
　　　《羁客》（1927 年春季刊）

作家懂得一切事情……

作家懂得一切事情
他反复地展示

他的内衣
比太阳还要重要
开始著述一部作品
意味着厘清很多细小的事情

作家的老婆们
给我一点帮助或一堆麻烦

有些作家以穷人为创作主题
描写下水道工人的生活方式
故事的内容围绕着排水沟
作家之间相互伤害

另一些作家以富人为创作主题
他笔下的人物都是浑蛋
他写的女人
互相认为对方被奢侈的欲望束缚

在他们的眼里也是如此
还有些作家描写高兴的事

赚了很多钱喝酒喝到死
用香槟泡沫忘记痛苦

还有些作家知道自己
写的东西毫无意义
明明知道
却随波逐流

　　　　　　　　　巴黎，1926 年

我想我从来没有踩踏……

我想我从来没有踩踏

在蓬松如草地的物体上

无知的心从铁路的轨迹

汲取着智慧

脚下的土地

孕育出的南瓜藤和甜菜

匍匐在大自然的胸膛

它为云雀提供了巢穴

愚蠢的人类造就了树林，

就像上帝一样

把它们推到了地面之上

后记

主就是爱，爱就是主

让我们一起崇拜主

造物主那奇妙的双手

创造的器官

这样我们可以模仿他的智慧

理解他造的物

巴黎，1926 年

《纽约时报杂志》（1977 年 10 月 6 日）

谷物酿造的酒精

一粒粒谷物酿造的酒精
一点杜松子酒
喝出了奇思妙想
喝出了双下巴

住在阿尔冈昆
美丽的帕克夫人
宠爱她的小狗鲁宾逊
她始终洁身自好

现在，海明威先生
戴上了眼镜
可以更好地
去拍评论家的马屁

新韵诗
麦格雷戈先生和本奇利①先生在一起时
都是好天气

巴黎，1926 年

---

① 罗伯特·本奇利是幽默作家，《纽约客》名下的《名利场》专栏作家。他早年在阿尔冈昆生活。

悲剧女诗人

有一位女诗人

活得很累，她很悲惨

她的生活空洞无物，就像她已抽离

你手握一把剃刀

换上新刀片避免传染

割开你的手腕

疤痕蔑视着查看

谁在暗处窥视着

那个并不遥远的国家是他的目的地

无人到达，无人归

依然到时间就会呕吐

束缚住你的手腕

你可以看见他的小手已经固定

你要等待数月之久

这就是问题所在

你喜欢狗和他人的孩子

你憎恨西班牙人，因为他们对待驴子过于残忍

希望公牛能杀死斗牛士

西班牙的调子就是俩人一起喝杯茶

你说不许任何人在你面前

提到西班牙这三个字——

你曾见过它和赛尔蒂斯一起

哦，上帝啊，他的老婆和一个肺痨

你讥笑周围的一切

穿过西班牙北部，卡斯提和安达露西亚

西班牙人偷盗

犹太人在你的肥屁股上放肆

在塞维尔神圣的一周

忘记了我们的神和他的罪过

你周身无损，回到巴黎

为纽约写下更多诗歌

在露提西亚坐一整天

在雨天讲有关葬礼的笑话

一点都不悲伤

因为你不认识那个人

咏唱那些虚无的调子

你过去作的恶将被仁慈赦免

离去的人给你留下的是一段美的回忆

这双小手表演得太迟了

不是还有一双小脚吗？

在马拉伽，医院外的街灯闪烁

一个叫里特的男孩

从死亡的世界返回，却发现他们

未经许可取走了他的双腿

说是为了清理伤口

就切下了臀部以下的整条腿

承受着无尽的失望

暴徒们知道他在死于坏疽之前无法再战了

他像马尔拉一样绝望地死在床上

虽然马尔拉从床上滑下来，最终死在了地板上

在床下蜷缩着身躯

胸部插着的管子坏掉了

他面带笑容

被涎液堵塞气管，窒息而死

他抽搐着幻想自己又回到了孩提时代，

在校车第三排的座位下钻行

他卷起斗篷做成枕

一个名叫瓦伦汀的老人

在十八岁那年爬上了米格雷特的高塔

西班牙报纸说，在人行道上被碾碎了

他的孙女曾说他是个麻烦，他确实越来越老

一个叫加姆·诺艾恩的男孩为了爱情

把三英尺长的爆炸物塞进了自己的嘴里

不知道为什么，居然存活了

成了恐怖巡回剧团的主力

走遍了加泰罗尼亚的所有集市

在充满阳光的西班牙，

诸类报刊每天有十五则左右的自杀新闻报道

还常常出现"窒息"之类的题目或者是"溺亡"

这样一来，

悲剧的女诗人就被言论制造出来了

　　　　　　　　　　　　　巴黎，1926 年

一位女士的肖像画

[摘录]

现在我们要用一首小诗描述它。诗歌未必美
妙。诗歌可以很轻松地嬉笑以对，不必非要有
什么深意。所谓有意义的诗，其实是心怀不满
的人书写的，一个满心忌妒的男孩可以写出这
样的诗。一个像往常一样醒来吃饭的人是写不
出什么好诗的。诗歌不会提及美好生活。因此
英国出不了好诗。一首小诗就能触动某人的痛
处。诗过之处，乌鸦都会远离。诗歌甚至能让
人永生。一首不描写爱情的小诗。一个不识善
物的人写的诗，是一首酸诗，这样的诗是低贱
的。诗歌不是值钱的文体。为什么要写这样的
诗歌呢。诗歌就是诗歌。诗歌让我们写作更优
秀。诗歌可以写得更好。诗歌，诗歌是这片国
土人人都知道的东西。诗歌也是这个国家的人
从未认真思索过的东西。

没用的诗歌，诗歌还是诗歌吗？

格特鲁德·斯坦因从未疯狂，从不懒惰。

现在都说完了，如果它是一些你在意的东西，
它确实造就了很多不一样的东西。

巴黎，1926 年

续 篇

那么，如果她死了
你写了一些与之相关的东西
你或许是个作家或许是个狗屁
迷迷糊糊地在夜里再次睡去
自己思索或告知某人
他们的思想是混沌的
但是他们的肉体却在合适的地方停留
你付钱给他们，有时他们也很喜欢
比你自己更热切地感受你的伤口

巴黎，1926 年

铁轨延伸到尽头，但不会相交

铁轨延伸到尽头，但不会相交

太阳落山了

河流奔涌却从不竞争

流淌却从不深陷

莱文，希伯来高手莱文

天空泛起的鱼鳞白是水手的最爱

大地渐绿

如同浩瀚的海

巴黎，1927 年

问　候

致李·威尔逊·多德先生或他的朋友——
如有需要的话

唱一首批评家之歌
口袋里装满了碱性液体
二十四个评论家希望你会死去
以便他们可以成为第一个
成为第一个欢呼的人
幸福的衰减或迅速腐烂的信号，
他们极其消沉、经不起小小的挫折，
被命运束缚，庸俗、冷漠、麻木、魔鬼、打
手、男妓，
这迅速腐烂的信号
（他们都非常相似，极其消沉、经不起小小的
挫折，被命运束缚，庸俗、冷漠、麻木，魔
鬼、打手、男妓，这群人就差没穿上吊带
袜了。）
朋友们，如果你不喜欢他们
你有一个选择
把他们当手纸用掉吧
把我的问候送给你们。
……

巴黎
《小评论》（1929 年 5 月）

诗歌 1928

他们说一切都结束了

现在需要的，是秩序

不是实质性的东西，是虔诚

我们必须满怀善意，或朝这个方向转变，

我们的作品必须带来一些有意义的东西

有益于道德，

虽然索然无味，但必须源于经典，

如果我没记错，很多这样的作品已经完成

比如，乱伦、强奸、战争

还有很多肮脏的故事

奥维德、詹姆斯，这会变成什么样？——

但是我们，我们杀过人

我们参加过海外战争

埋葬过我们的朋友，埋葬过我们的父亲；他们

因为经济问题选择了自杀——

一个美国人拨动枪栓把自己送回了老家，

可能是柯尔特手枪

也可能是史密斯·韦森手枪

他是我们母亲的老相好

我们玩过许多不同国家的女人

经历了很多趣事，得了传染病

治好后，结了婚，生了孩子

我们经历着，反抗革命，反抗反革命的革命

我们经历过多届政府很多好人被谋杀

战争期间我们到过特洛伊

去过弗兰德、阿图瓦和皮卡第

（我在记录事实）

我们在小亚细亚见证了部队的溃败

并沉没大海

我们住在国外像住在自己的国家

会说、听得懂这些国家的语言

知道这些人说些什么

我们拥有的东西，是一篇评论文章无法剥夺的

专家们达成的一致建议也无法将其抹杀

追求秩序的过程中会发现

尊重生活经验是一种必需的品格

他们也许，准确地说，

他们不会从那些书或作品中发现任何东西，

他们不能读进去，但是，

如果我们坚持下来，如果我们没有被摧毁，

因为坚持，我们经受住了时间的考验，

我们没有被轻易打倒

我们将继续写作，他们不会读它

但是，如果他们有孩子

他们的孩子也许会

柏林，1929 年

渺小的威尔逊先生

渺小的威尔逊先生
写了一本微不足道的书
麦克斯·潘金斯将其出版
（斯努克先生的一位朋友）
没有人愿意去读它
威尔逊很迂腐
假如你想和你的女孩玩得开心
唠叨的威尔逊太"多情"
所以那些"孬种的"评论
所以那些"没用的"老婆们
送给海明威先生
鸡皮疙瘩满地

比灵斯，蒙大拿州，1930 年 10 月 30 日
《纽约时报杂志》（1977 年 10 月 16 日）

给儿子的建议

永远不要相信白人
永远不要谋杀犹太人
永远不要签订合约
永远不要去教堂
不要参军
也不要娶几个老婆
永远不要为杂志写稿
永远不要用手抓你的荨麻疹
把报纸放在座位上
不要迷信战争
让自己保持干净整洁
千万不要跟妓女结婚
永远不要屈服于勒索者
永远不要打官司
永远不要相信出版商
否则你将会睡在稻草堆
你所有的朋友都会离你而去
你所有的朋友都会死去
所以，干净健康地生活吧
然后在天堂与他们相见

柏林，1931 年

《精选集：1932》

司各特·菲茨杰拉德给演员提词时的

胡言乱语，从伊甸园跑题到茫茫大海

（安提比斯，滨海阿尔卑斯）

灰暗从何而来
站在高度束手束脚，使他感到焦虑
放纵自己？不
一些侍者？是的
温柔轻抚绿草的嫩芽
愉悦的不是菲茨的鼻孔
走过灰暗移至碍眼的海
比我们欠埃利奥特的债还沉重
放纵他们，放纵自己
俩人最终球形、胶着、空隙
起义输给了美景
惊吓中，自然
不再做作
碧波涟漪不会带来沉没
陷入不快的沉思

基韦斯特，1935 年

告别　1944—1956

给玛丽的第一首诗

我只爱单词，试着用它铸造短语和句子
轰炸机无法摧毁，它比我们的生命还长久
很久以后，请幸运之神在我措辞的时候降临
然后再多恩赐一点幸运，
灵感一来，我就一气呵成
现在来到一个城市
我在这里没有立足之地，
不愿长时间待在水上。
我了解并信仰杀戮。就算不信仰也会熟能
生巧。
我无法向人们解释。双眼被水面反射的阳光
灼伤。
我的心、我珍视的东西，被海龟囫囵吞掉了，
我所有的希望就像一块沙滩，
一个月前红斑鱼刚在哪里产过卵。
现在来到这个城市
累了、怕了，陪伴我的只有头痛，
它很忠诚、实在，永远不会离开我。
以前，我的头痛并不像现在这样如影随形，
所以它也不知道自己变成了累赘。
它不知道我们都是需要独处的。
它是很友好、很真诚的头痛；

我不想让它知道它使我感到厌烦。

它只有在飞机上才会离开我一会儿。

我会戴上耳机，似乎对它有点不忠，有点
自私。

飞行的时间长达数月，

通常一次飞行后只能停留一周左右。

但我从来没有让那头痛知道，

怕会伤害它的感情。

我坐在房间等着去战区。

没有带儿子，也没有带猫。

多尔切斯特首府的前厅没有杧果树，

有一个五英尺的洗脸盆，

流出的水同夏天池塘里水的温度差不多。

他的船在遥远的海上，

他的人被驱散了，

他的武器上缴给了当局。

上缴并做了精确的记录。

这场战斗将是另一个人的战斗，

我们不过是些包袱。

四个人搭乘一辆吉普。

你只有两个选择——醉汉或骗子。

的确，这不是好的结局。

不是我们希望看到的结局。

不像我们看她起床时，我们闭上干裂的嘴唇，

内心却很愉悦。

也不像我们所想的，在漫漫长夜头戴耳机站在

桥头。

不像我们带她到港口时那样。

沃尔夫在哪里？帕克斯蒂在哪里？

但她却来了，谁在乎这些浑蛋？

反之我们不在乎，我们都明白，

并且一直试着结束这种现状，

保住我们将来能拿到的那点钱财。

但你不能在这个酒店用这笔钱。

不然的话，别说要靠它吃饭喝酒了，

在那之前我就得先饿死。

我甚至不能去会见审查员，因为有些东西
变了；

不是那些文件而是我自己。

后来，我想家了。

帕克斯蒂奇从驾驶室里取出装甲，

以便在海上轻装行驶，

他坐在那几桶汽油上，

我们关闭舱门时也不会掉下来。

沃尔夫正站在浮桥上，

他脸颊上的肌肉上下抖动。

大叫着："爸爸没事。不要担心，爸爸过一会
儿就好了。"

坐在这个城镇，想着家，

孤单地感受着大海。在城里时，想避开它。

想着我的大海和我的家人——享乐着、病着、
孤单着。

头痛不重要。我跟那些恶徒们玩得很开心，并不悲伤。

别担心，沃尔夫。

永远不必担心，我向你保证，什么事都不会发生。

晚上，我选择了独自一人，

注视释着钟表，时间伴随着嘀嗒声流逝，

假如她突然出现，用钥匙轻轻把门打开。

她柔声说："我可以进来吗?"于是可以看得见摸得着，把你游离的心重新带回来；

她治愈了你的孤单，把留在船上的东西带回来。

别担心嘛，沃尔夫，永远不要担心。

我很好，永远不会改变。

我们有得有失，船一开，什么都不能打扰我们了。

就算哪儿开战了，也是如此。

迟些，我还会写信告诉你更多。

伦敦 1944 年 5 月

《大西洋月刊》（1965 年 8 月）

致玛丽（第二首）

现在他睡了，和一个死去的老妓女

他，昨天，拒绝了她三次

再重复一遍，现在他睡了

和一个死去的老妓女

暂停。等着他们相互靠拢，继续

你拒绝了她没有

是的，三次

跟着我再说一遍

你是否把这个死去的老妓女

当作你合法的结发妻子

跟着我再说一遍

是的（我有），是的（我有），是的（我有）

K. I. A. 6 off. 61 em. 13 Sept. 2400.　–

14 Sept. 2400.

翻译

阵亡6名军官，61名士兵，时间：九月十三日

午夜——

九月十四日午夜

跟我说六十七遍

是的（我有），是的（我有），是的（我有），

六十七遍。继续还要继续。

下次战争，我们会把亡者装进透明棺中

下次战争，我们会把亡者装进透明棺中

军方会给大家带来 K 型口粮

军方会给大家带来 K 型口粮

人人都能接收斯佩尔曼大主教的洗礼，

一个小小的、完美的、自动充气式主教

带有空气控制装置

只需重复展开——密封——充气——展开——

密封的动作即可

这些你就不要跟着我说了，

这已经不是仪式的一部分了。

大家都走了，这些就说给自己听的

你当时独自一人，到现在仍是如此，

直至永远。

承诺的时候，常用到"永远"这个词，

其实毫无意义。

所有的军官、士兵都要提供一张挚爱的照片，

虽然与照片中的人再难相见。

然后，这些照片会通过适当的途径

归还给所有者

我的挚爱是玛丽·威尔士

当然，后来我拿回了照片

但是，那天，我不会接受

斯佩尔曼大主教的签名

你也不会，你也不会，你也不会

你们可能地离开，所有的人，

尽可能安静地离开

尽你所能地离开。你们也许能找到他。

你们可能把他吊死，

或者用你们认为合适的方式把他处死

今天，没有人会用俚语吗，因为表达明确是最

重要的

只有"肏"这个字保留下来了，

但它只能做形容词用"坚持到底"，

这个词也保留下来了

它的意思：在无法改变结果的情况下继续忍受

我们懂得缓步前行，

我们会用充满爱和怜悯的目光相互注视

婴儿在出生一百天后才能具备这种属性

愤怒、生气、害怕、怀疑、指责、否定、误

解、懦弱、无能、缺乏天分

所以这些都会被果断、坚决、勇气、敏捷思

维、打斗展示出的机动性等抵消

但是现在，只有爱和怜悯才能经受岁月考验，

只有爱和怜悯

再说一遍，只有爱和怜悯

本杰明·富兰克林呢？

迷彩服，军官，士兵，午夜，

九月十三——九月十四午夜

不，那不是怜悯

本杰明·富兰克林也不行

对，只有爱与怜悯

你怎么可以这么说呢

你怎么可以说别的呢

不是我们要求太多。不是我们愿望不断，

不是我们索求无度，

也不是我们想要多么的伟大。但是当他们离开

那片隐匿之地，没有人返还，他们尚未抵达目

的地，

他们离开了这个我们无法言喻的地方。

这些逝者的内在比任何一枝玫瑰都要鲜活

动人。

用死亡承载、未流出的泪水灌溉的，

这一天，饱含爱与怜悯的花朵绽放

不是为了他们，对不起，

不是，这并不完满

没有痛悔，没有该死的痛悔

只有爱与怜悯伸出你的手，去牵"爱"那灰暗

的孪生子——"恨"

与她同行，翻过那座小山，

去看"爱"是否还在山顶等候。

如果她已不再，又是被谁取代

我是否告诉过你，我的心是最合适的靶子

"爱"那位可爱的姐妹（恨）

深深地冷酷着，无忧地前进着

试图达成无望之事

虽然不会完全的错误

但正确的也不会超过五成

试图留住两手无法掌控的东西，

"爱"轻易离开，没有留下只言片语

"爱"悄悄走了，没有留下一丝痕迹；

她阴暗的姐妹乘虚而入

填满每一处缝隙

字体娟秀整洁，

而"爱"字迹通常难以辨认

她会微笑着草草写几行字

并不注重页面的美观

你觉得高山之上会有她的身影吗

不，她（爱）离开很久了，

她从不会起身争斗

深深了解战争的愚蠢

"爱"总是消失，将已被遗弃的仪式留给我们

就像一个人在刚被屠戮过的村庄，

发现桌上有晚餐

现在，我们接受了它，

在我们的脸上留下痕迹，

就像嘴边蛋黄的残渣，

而当时的情况是鸡蛋奇缺，

我们又对之渴望无比

带着它和我们挚爱之人的新照片，

朝向城外高地。朝向那个安逸，我们曾经否定

过的笑容

现在，大家正缓慢地、步履沉重地移向那座

小山

抬起脚步慢慢移向他们熟悉的地方

脚步机敏而谨慎

约翰的脚，哈利的脚，明白事理的双脚

永远不会离开

现在缓缓移动双脚

让脚走在没有犁过的耕地上

让脚带领你向前

前往播过种的地方

前往你将会死去的地方

通过特定的渠道回到她的身边

歌曲会帮助你回到她的身边

他们会对比尔做什么

就会对你做什么

如果你没有经历过痛苦

上帝会帮你渡过难关

前进，圣斗士们

向着一个妓女行进

带着玛丽·威尔士的十字街

请把你的爱扔掉

你必须慢慢地，并开始祷告

对着空气祷告，对着虚无祷告

现在再说一遍

他现在沉睡了

和一个死去的老妓女

他，昨天，拒绝了她三次

如果你知道，如果你想到

如果你也是这样，如果，如果，如果

这不是圣诞节拉迪亚德、吉卜林

在伊利诺斯州橡树园写给你的那首诗

但是，另一个如果

比哈姆雷特的假设还要久远

深夜里，长满密林的心中，

我们要面对那老旧、久远、丑陋的假设

一直走出然后深入一片空地

总是以看到营地的篝火告终

现在，重新回到林木茂盛的山上

如果前行不够坚定

如果没有那么多如果，我的真爱

我们浪费了本不该浪费的

我们背叛了不可侵犯的

我们破坏了永恒

只剩扰人的野火

再无他物

我的心就是一个合适的靶子

我们全被禁锢

本来不该是这样的结果

我没有去过那个地方

没有人去过

没有人看到，你和我的推断一模一样

尽早做出你的推测

努力得出一个不会落空的推测

如果我们是天主教徒

今晚会是个奖赏之夜

今晚，尤其是今晚

尤其对斯佩尔曼大主教而言

离圣诞节还有八十九天

我们今天都会死去

向圣诞老人欢呼吧

老人和小孩一样

向圣诞老人欢呼吧

五彩缤纷的烟火在天空绽放

向圣诞老人欢呼我们天赐的真爱被它照亮

向圣诞老人欢呼

圣诞节倒数九十九秒

向圣诞老人欢呼吧

我们把真心话都说出来

向圣诞老人欢呼吧

圣诞节已过

站在这个光秃秃的山顶，向四周望去

它的侧翼被圣诞树覆盖

可以看到很多远山

所以，玛丽，现在我爱你爱得坦白，爱你爱得真切。

送这首诗给你，是想让你知道

我们今天在丛林里遇到了棘手的麻烦。

伤亡惨重，战士很疲惫。

发生了太多不该发生的事，每一次都是致命的。

我失去了对很多事情的辨别力，但对这些事情之外的事情却看得很清楚。

很难一言道尽。

这不同于在船上，我们曾经在船上等待。

这就是我们等来的结果，这就是发生在你我身上的结局。

我一点都没有想到自己，算我再次吹嘘吧；

亲爱的，我只想到了你，只是这点牵扯到

了我。

我给你写了一封很晦涩的回信；

亲爱的，那是因为我累了，有点空虚。

总之，我必须告诉你

我给你写信是因为我爱你。

　　　　　　　　　　　　　　　　　欧内斯特

　　　　　　　　　巴黎，1944 年 9—11 月

　　　　　　　　　《大西洋月刊》（1965 年 8 月）

诗

昨晚很忙
急匆匆地
忘了几行诗
细细回忆
今天想起来了
在潮湿、幽暗、阴森的大林地……

布切特，法国，1944 年 9 月 24 日
《寻知》(1976 年)

卢森堡的战斗

此刻，还活着

约翰·道夫提阵亡

降落伞挂在了树和高压电线上

我们所有隐蔽起来的人

正对着飞机开火

不相信一切，包括他的兄弟

只是对视野里的第一道光开火

赶快过来加入我们

为了这个周末，带上阅读地图的智慧

（这相当于剃须刀和睡衣）

带上战胜死亡的勇气

带着聪明、敏捷、明智的决策，明智而果断的

放弃和战斗的智慧

（这些相当于送给女主人的一份礼物；

一个仔细挑选的小礼物，品位不算太差）

带上无价值的东西

带上没用的东西

他们可能会把这些东西当作横幅举起

或者装进口袋里

我们去哪里就把他们带到哪里

他们像肥皂一样珍贵

肥皂是由死马的身体制成的

那些马是骑兵的梦想

钱没必要带

人花不出去

带上大便，带上狗屁

带上对这些王八蛋的仇恨

起风了，树木摇摆

接着就是丛林大火

快快撤退

顶住有个鸟用

给你们顶住有个鸟用

长官，我快尿裤子了

对方火力很猛

我们撤

怀特对 0840 发起了进攻

M．G．火力掩护

德国佬渗透到了我们后方

我们正在跟他们战斗

六国声明无论如何都要发起进攻

随之而来的蓝军

会扫荡渗透进来的敌人

我们撤

古巴，瞭望农场，1945 年

疯狂基督徒

一只猫叫疯狂基督徒

它没有虚度光阴

它有一颗欢快的心

年轻而英俊

它知道生命的一切秘密

它总能准时起来吃早餐

在你脚旁跳来跳去地追逐毛球

它跑得比矮种马还快

它每一分钟都过得很愉快

它的尾巴就像羽毛一样伴随着身体摇摆

它如黑夜一样黑

像闪电一样快

秋天，如此优秀的它

偏偏被一只恶猫害死了

古巴，瞭望农场，1946 年

为玛丽小姐而写

玛丽，现在你可以直视它了
在守寡时面对……
我们去过的地方，我们待过的地方
我们看到的一切
棕色的、黄色的还有绿色的
大的，小的，还有不能确定的
既清晰又模糊
所以这些都是很美好的事物
它们像乡下的虱子一样爬到我们身上
直到我们把它们抖掉
我们不知道它们会从什么地方出现
现在，有它们所在的地方就是美好的
作为人类的成员，生活在某个族群中
你的付出是否得到回报，你是否交了税
你经常带着你的铁锹
铁锹很有用，很亲切，很甜蜜
而且它能挖得很深
如此地深，亲爱的
请安睡吧
还有，请记住我现在过得很好

巴黎，1949 年 11 月 26 日

全体人员

没听见重击声

他们跳起时没有发出声响

爸爸，那是理查德，一个小孩说

他转过头时我认出了他

但是内脏已经严重受伤

我们把头盖放回到伤口

果园下起了大雨

减轻了我们的旧痛和新愁

她就是光，为我点亮的光

谁能永远沉睡

世界上几乎没有永恒

除非大地把我们埋葬

那里应该没有马蹄声

可能会吧

我不知道

我们还是继续为了胜利比赛吧

继续排名，继续表演

巴黎，1949 年 12 月

一首笨诗

我与帕梅拉·丘吉尔

对坐着，心领神会

开始对谈

当厌恶征服了我们的爱

我们可以轻易离开

当还有爱的时候

任何事情都很难结束

我们离开，出发，去往何处？

这里会有什么样的宝藏？

当宝藏出现时谁又会知道？

谁会在遥远的地方注视着它

当看到宝藏并靠近时

他便不会再害怕

不要害怕，来吧

走近点，年轻人

所有的快乐可能都是悲伤

这是我与帕梅拉·丘吉尔对谈后

写的一首笨诗

巴黎，1949 年 12 月 20 日

在阿瓦隆的路上

白人有了钱就是有钱的白人
黑人有了钱就是有钱的黑人
他们在通往阿瓦隆的路上行走
野貂皮披在他们的背上
肩膀、袖子、衣襟
野貂一旦发育成熟
不必心存感激
赶快动手
也不要批判
别犹豫
自信点，不能动摇
你们这些浑蛋、无赖
恶语像狗屎
会让你们加快脚步
狗会像人一样拉屎
但我更喜欢狗
说："阿门。"

巴黎，1949 年 12 月 22 日

乡村诗歌

当杜松子酒喝完后

一切都结束了

接着、马匹、蜜蜂、三叶草

倾听我们的欢乐与悲伤

孩子们似乎知道了什么

没有吵闹

彪悍的马儿体格健壮

擅长在草沙路以及丛林中穿行

蜜蜂忙碌地来来往往

它知道自己的职责

战斗轰炸机从未战败

两两同行时更是如此

突然，左翼发生故障

哪位？谁在线，呼叫野狗、浑蛋？

巴黎，1949 年 12 月 22 日

旅行诗

出发吧，玛丽

我会这样对你说

去你想去的任何地方

旅行中，你能学懂经济和历史

去发现墙上的油画

没人要画他的猎犬

也不必亲吻国王的屁股

出发前，你不需要知道任何事情

旅行将丰富我们的思想和身体

先是屁股，最后是我们的心

如果你能接受别人正在做的事情

无论是明是暗都能理解

但是，很少有人能做到

所以，出发吧，丢掉一切

丢掉一切，出发吧

一些人会找到画中的世界

其他人永远不会抵达

巴黎，1949 年 12 月 24 日

给刚满 21 岁生日的女孩几句话

回到宫殿，回到冰冷的家

她急速奔走，谁在孤寞中旅行

回到牧场，回到无情的家

她急速奔走，谁在孤寞中旅行

回到一无所有，回到孤单寂寞

她急速奔走，谁在孤寞中旅行

但是，先生们，从不担心

因为这里有哈利酒吧

利多（意大利一个小岛）有阿德拉斯（酒吧

名）

在低斜背黄色汽车里①

欧洲人出版社

蒙达多利并未付钱

恨你的朋友，爱一切虚假的东西

一些小马正在草堆吃草

每天清晨醒来，威尼斯还在那里

鸽子聚集、乞讨、进食

广场上没有阳光

我们爱过的事物都在灰色的湖里

我们走的石头路，孤单地在它上面走着

---

① 译者注：海明威一定是疯了，他们在利岛上没有车。

像它一样孤单地活着
女孩愤怒地说，这一天将会是这样
但我不会一直孤单

只在你心里，他说，只在你脑袋中
女孩又生气地说，但是我喜欢一个人
是的，我知道，他回答
是的，我知道，他说
但是我会是最好的，我会成为最棒的
当然，毫无疑问，我知道你会的
你有个这个资格
将来某个时候再回来告诉我，回来让我看到你
看到你和你所有的毛病，看你工作有多努力
是的，我知道他的答案
按你自己的方式行事
早晨，头脑清醒时
晚上，消除所有的干扰
在没有暖意的春天
在寒冷的冬季
我们知道冬天很合适
在炎热的夏天
试着在地狱
把睡觉当作写作
把悲伤换成纸张
但别把自己搞得疲惫不堪
祝这个年龄的你一切顺利

　　　　　　古巴，瞭望农场，1950 年 12 月

若你不想成为我的爱侣……

若你不想成为我的爱侣
我将吊死于你的圣诞树

　　　　　古巴，瞭望农场，1956 年 2 月 14 日
　　　　　《寻知》（1976 年）

附：长句诗①

你的母亲比我的母亲更漂亮
你的父亲比我的父亲更完美
晚上，你去我去的地方
但是我们没有一同去
一加一产生三的效果
如果有可能的话，还可以不失去兴趣
夜晚变得别有相似，祷文不能一直诵读
每天早上都不可能得到回信
信是打字机打出来的
幸运的是，夜晚的火炉在燃烧，夜晚的灯光也
没有改变，就像白天一样，白天也一样无聊
一个小时和二十四小时里的任何一个小时是一
样的，它来自上帝的密封盒，并准时打开。

---

① 海明威写文章以短句著称，本篇是利用英文本身的逻辑性来证明他能写长句子。

其中包含了早餐，我们为了什么，我们做了什么，

他们做了什么，给了我们什么？他们取消了我们的门票

夜晚，不再有未知的梦境降临我们的床边，现在深夜已经和白昼一样。幸运的是，你的家人你的父亲你的母亲你的妹妹而不是你的哥哥——除非我说你哥哥不在梦里——我不在这里，不在任何地方，就在你床边。

但是你仍然会在夜晚去其他地方，在黑夜中这样的夜晚如此美好。这不是一个爱的问题，我爱你不只是爱你并且你也爱我。而是，你要去什么地方，为什么要去，如果这个地方同原来的地方没有什么不同呢，就像白天同夜晚一样呢；为什么我会那么确定理解你所问的每一个为什么一样是很简单的一个问题，让我用一种简单的方法来描述你所提出的有着简单清晰答案的问题是一件很简单的事，让你知道什么是什么是什么是什么的答案不用绕几个弯也不会遇到不合理的困难。

我绝对希望答案是清楚的，现在我希望我们能思考其他简单的问题，关于它是什么，它是什么，它是什么。

我想我们已经经历了这个问题和文学的未来，我可以告诉你们这些平凡的年轻人在这个时候肯定不会出名的。

巴黎，大约 1927 年